La traductora da las gracias a la Casa delle Traduzioni (Roma) y a Pro Helvetia y el Château de Lavigny (Vaud, Suiza) por el apoyo prestado para el desempeño de su tarea.

Título original: *Le malorose*

With the support of the Swiss Arts Council Pro Helvetia

DISEÑO DE COLECCIÓN: © Donna Salama
DISEÑO DE CUBIERTA: © Donna Salama
FOTOGRAFÍA DE CUBIERTA: © Roberto Donetta: Cortesía de Archivio Fotografico Roberto Donetta, Corzoneso (Suiza). www.archiviodonetta.ch
FOTOGRAFÍA DE SOLAPA: © Wiebke Zollmann

IMPRESIÓN: Kadmos
Impreso en España – Printed in Spain

IBIC: FA
ISBN: 978-84-129018-3-2
DEPÓSITO LEGAL: M-27384-2024

Síguenos en:

www.instagram.com/transitoeditorial
www.facebook.com/transitoeditorial
@transito_libros

www.editorialtransito.es

Editorial Tránsito es respetuosa con el medio ambiente: este libro ha sido impreso en un papel ahuesado procedente de bosques gestionados de forma responsable.

Las desdichadas

Sara Catella

Traducido del italiano por
Regina López Muñoz

Prólogo de Aroa Moreno

PRÓLOGO
Un silencio aún por escribir

Una mujer habla con un cura que está enfermo. Que no responde nunca a su diálogo. Que está tendido en una cama. La mujer es comadrona y le han encargado cuidar de él. Porque ella sí conoce los cuerpos. La mujer le cuenta. La mujer ha visto cosas terribles. Mucha sangre de otras mujeres y mucha tierra pegada a la piel. Todo el abandono y la miseria. Y tiene dudas. La mujer habla porque el hombre está callado. Porque no puede responder. La mujer le pregunta por Dios.

Esta novela sucede en 1912 en una aldea suiza, cerca de la frontera con Italia, pero podría ser cualquier rincón de principios del siglo XX de cualquier país. Podría ser cualquier lugar miserable y perdido donde lo último que ha importado siempre era la salud de las mujeres, qué decir de las madres. Podría ser un pueblo de aquella España de hace cien años, donde morían quinientas de cada cien mil mujeres en los trabajos de dar a luz. La comadronería es uno de los oficios más antiguos del mundo, hay referencias históricas de mujeres parteras en todas las civilizaciones y culturas. Mujeres que acompañan y asisten a mujeres en el momento de parir. «Comadre» viene del latín, *cum matre,* que traducido sería «con la madre». Un oficio absolutamente feminizado a través de los siglos. Pero ¿dónde estaban escritas ellas en la literatura si siempre estuvieron ahí?

La autora de *Las desdichadas* es Sara Catella, nacida en 1980 en Lugano, Suiza, en el mismo cantón de Tesino donde transcurre la novela, de habla italiana. Y le ha dado la única voz de esta historia a una mujer, Caterina Capra, la partera del valle de Blenio. El hombre que está tendido frente a ella es Antonio Bolgeri, el cura italiano asignado a ese pueblo, que padece una enfermedad desconocida y yace prácticamente inerte en la cama. Estos son los sencillos mimbres que dan lugar al monólogo en voz alta que sujeta todo el libro en una conversación sin respuesta, rápida y coloquial, llena de localismos, coherente y aparentemente espontánea. Capra acude cada día a la casa de Bolgeri y, cada día, en una incomodidad creciente, le cuenta la dura vida que existe al otro lado de las puertas de su iglesia.

Las desdichadas nos recuerda, inevitablemente, a quienes hemos crecido en la tradición literaria de las letras en español, al desahogo, por la forma y por el tono, de aquella Carmen Sotillo frente al difunto Mario de Miguel Delibes. Mujeres de fuerza que, por fin, revelan lo que han reprimido durante años y cuestionan sin tapujos, dudan, preguntan, exponen y dejan entre líneas todo aquello que no se atrevieron a decir hasta entonces a sus hombres cuando estos aún tenían abiertos ojos y boca para replicar. Porque ¿qué mujer podía hablar en esos tiempos? Un juego de espejos donde dentro del cuestionamiento aparentemente ingenuo reside una verdad que se lanza a quienes han ejercido abusos de poder y el abandono de lo más vital.

Sin embargo, hay algo muy pertinente en el libro que nos dice que ha sido escrito en el presente. En nuestra educación lectora, eminentemente atravesada por los textos de autores, de hombres, hay un relato muy concreto que no ha constado. Hasta hace muy poco, los héroes de la literatura siempre habían sido quienes ejercían la acción en guerras, revoluciones y conquistas, fueran del tipo que fueran: la Historia, la fantasía o su universo interior. Ellos. La descompensación de género y de autoras publicadas tenía dos consecuencias para los lectores y, sobre todo, para las lectoras. La primera tiene que ver con una ausencia grave de personajes femeninos cuya vida se pareciera a la nuestra, a las de las mujeres que nos precedieron y a las que conocemos, y no a ensoñaciones y estereotipos masculinos. La segunda es la flagrante carencia de relatos acerca de algunas cuestiones vitales para la vida de las mujeres como protagonistas, pero también, y esta sería la clave todavía hoy, para las vidas de todos.

Porque dónde estaban quienes sujetaban la vida en las retaguardias de las guerras o de los movimientos migratorios, dónde la épica de sacar del cuerpo un cuerpo nuevo, dónde la aventura de criar sin tener nada entre las manos, dónde la desesperación frente al hambre de los niños y niñas, dónde la violencia de género, la marginación, dónde el repudio y la superstición. Qué podría sostenerse de la Historia mayúscula sin todo ese trabajo de cuidados que no había sido alumbrado. Claro que existían novelas donde había madres muertas, despachadas en fallecimientos de una sola línea o conteos de hijos que no llegaron a adultos por padecer una enfermedad. Pero para cualquier mujer, pasar por un embarazo, llevado o no a término, es una proyección de futuro, resuelta o no, que transforma su vida. Afortunadamente, y muy poco a poco, esto se va solventando gracias a la testaruda restauración de autoras silenciadas en el pasado y a nuevas escrituras, como esta, atravesadas por la maternidad y otras temáticas muy conscientemente ausentes de los libros durante siglos.

En las breves páginas de esta novela son muchos los asuntos que apunta Caterina en su acusación ante Bolgeri. En primer lugar, hay un cuestionamiento de clase frente al cura. Habla quien conoce los duros trabajos de la tierra frente a quien ha vivido siempre rodeado de riqueza y seguridad. Son las manos de piel gruesa de Capra lavando las manos de piel blanca y fina de Bolgeri. A ella, quien carga con toda la evidencia empírica y médica de la asistencia a los partos, nadie le pagará por los trabajos diarios de cuidados a Bolgeri, a pesar de necesitarlo, así como tampoco cobra por su trabajo de partera. «Pero ¿usted ve esa miseria espantosa que se nos agarra igual que el olor a cuadra que no se quita jamás por más que nos lavemos? Usted hace como que no se entera», le dice, «vive rodeado de limpieza». Y, a la vez, hay un importante cuestionamiento de fe. «Yo me meto la mano en mi pecho y no me puedo creer que Dios considere a las madres tan sucias. ¿De qué vicios, de qué depravaciones somos nosotras culpables en el fondo?».

Pero el relato más triste e hiriente de esta novela lo encarnarán la marginación y la desesperación en la que viven todas las mujeres que conoce la comadrona. Los episodios de violencia y silencio que le espeta Capra a Bolgeri, las muertes, los golpes, la soledad en la que nacen los niños, la emigración de los hombres del pueblo, los trapos llenos de sangre que se lavan sin que nadie se entere y que tiñen de rojo los ríos, el deseo de ellas, conscientes de la realidad, de no traer más bocas a las que no tener nada que dar de comer. «Debería usted explicarles a los hombres que Dios no es que ordene hacer ciertas cosas como bestias».

El cura jamás responde a Caterina en su, pensamos, afortunada postura de yaciente. Porque qué podría decirle él a quien ha visto morir a un recién nacido, a una mujer pariendo, abortando, a una mujer que se muere de hambre delante de su niño, qué podría responder acerca de esa injusticia tan superior. Ni puede contestar como hombre ni como representante de la iglesia. Porque si ellos no querían saber nada de nosotras, qué iba a querer saber Dios.

Aroa Moreno

LAS DESDICHADAS

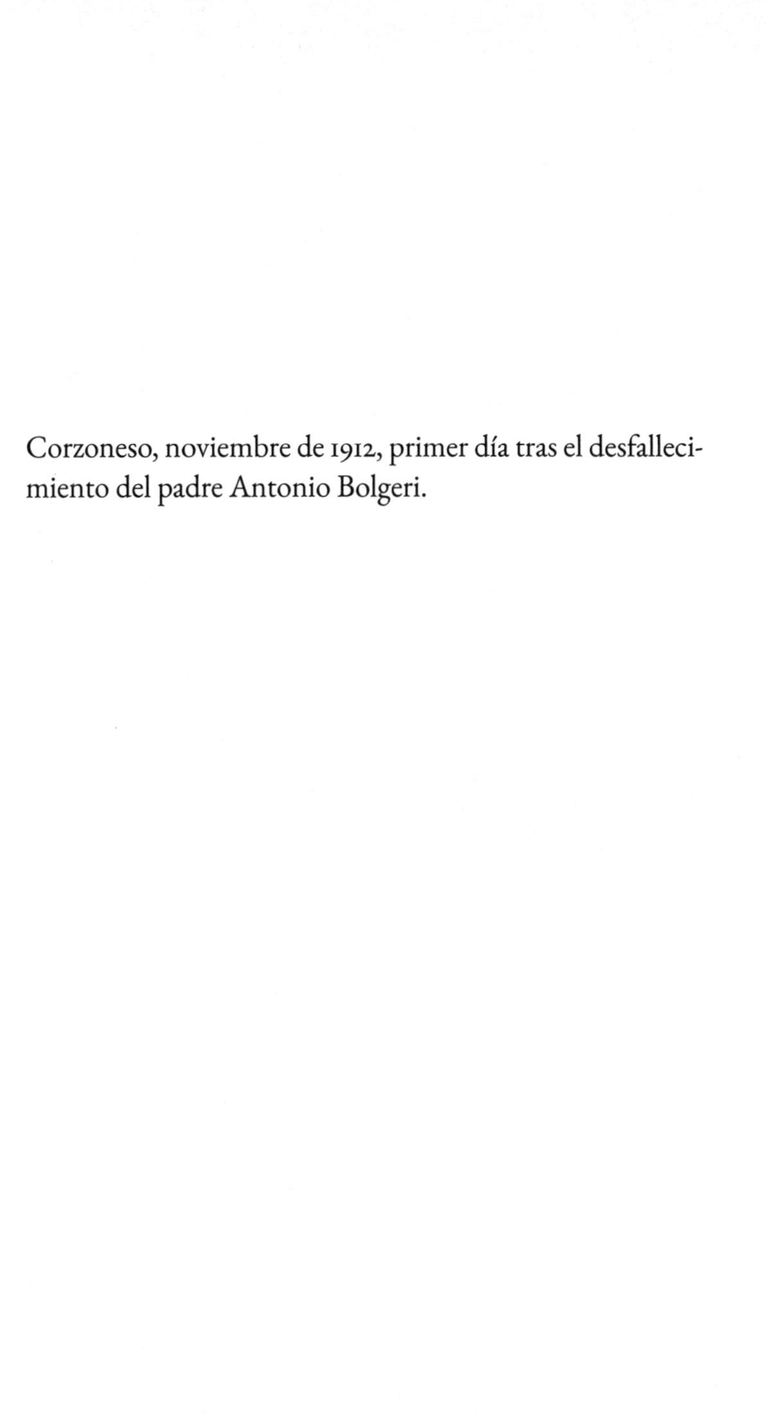

Corzoneso, noviembre de 1912, primer día tras el desfallecimiento del padre Antonio Bolgeri.

1.

Buenos días, padre. Me siento por aquí, ¿eh? Espérese que le coloque bien la sábana, que por este lado está arrastrando por el suelo; ea. *Adèss* nos las tenemos que apañar así, con la enfermedad esta que le ha entrado en los ojos y en el habla.

¿Me oye? Soy la Caterina Capra.

El *dutór* me lo ha explicado, me ha dicho que tiene algo así como la enfermedad de... ¡ya se me ha olvidado! Que dizque lo mismo se pone bueno del todo que lo mismo no; pero yo soy de las que piensan que en esta vida todo pasa. ¡Lo necesitamos en el pueblo, cura! ¿Qué haremos si no?

Tengo que cambiarlo de postura para que no le salgan úlceras, pero no sé yo si sola voy a poder, ¡con lo que pesa! Lo voy a colocar así, eso es, un segundito nada más, de costado.

Porque es que es tocarlo a usted, solo de pensar que mis manos le tientan el cuerpo, y me entra una *virgógna*...

A ver, tengo aquí el agua que he calentado en la tetera, calentita que da encanto, lo aseo una miaja, ¿eh?

¿Qué le parece, don Antonio? ¿Bien? ¿Sí?

Ay, virgencita, ¡qué situación!

Cuando venía hoy para acá me decía: a saber si cobraré algo por hacerle estos favores y ponerle las inyecciones y todo lo demás. ¡A saber! Dios proveerá.

Sí, bien me conozco yo esos discursitos sobre la caridad cristiana y la providencia del Señor.

¡A mí que me dejen de gaitas!

Más que caridad, lo que nos endilgan a nosotras son los disgustos. La de historias que podría yo contar, que hasta me se pone la piel de gallina cuando lo pienso.

Ya he terminado con la *lavètt. Madòna dal Sass*, ¡qué piel más blanca y clarita tiene usted, don Antonio! ¿Es porque viene del lago? Será igual porque nunca se ha ganado el jornal con el sudor de su frente... hablo de dejarse la piel, de partirse el lomo para ganarse las habichuelas, como hacemos aquí, como hacen los nuestros, que sudan como gorrinos.

Los hombres... Pocos hay que sean buenos cristianos, bien lo sé yo. Si en una parroquia el preboste es bueno, ya es una suerte. Por ejemplo, yo a usted lo considero un buen sacerdote. Usted malo no es, aunque venga de Italia, que mi padre decía, Jamás me confesaré yo con un *foresсté*, que nuestros prebostes son mejores, nosotros somos gente de la montaña, ¡qué lago ni qué niño muerto!

Sabe Dios si mi padre, que en gloria esté, sabía acaso lo que era un lago... No vio nunca uno, creo yo. El caso es que él siempre me decía, Caterina, tienes andares de hombre, ¡que pareces un soldado del ejército napoleónico!

¡Y yo me ponía más ufana que el gallo con las claras del día! Si supiera mi padre que *adèss* tengo mi papel y todo, ¡si él supiera! Homologada para el libre ejercicio de la obstetricia en el valle, vamos, que soy una matrona reconocida por la ciudad de Bellinzona, ¿eh? Por más que lo del leer y el escribir no lo domine todavía como está mandado.

Perdone, don Antonio, he hablado ya demasiado y espero no parecerle una *vilana,* pero es que estando delante de un hombre tan callado, tan mudo, ¿cómo quiere que me comporte? Qué poquito lo ayudo a recuperar la buena salud con estas monsergas, ¿eh? Ea, ya *fò cito*, me voy.

2.

Buenos días, don Antonio. ¿Cómo estamos hoy? ¿Mejor?

La gente se piensa que vengo a rezar, no se quieren enterar de que yo tengo un oficio y estoy aquí para echar una mano, por la enfermedad suya.

Perdóneme usted, eh, no se lo vaya a tomar mal, que yo vengo de mil amores, pero bien lo sabe usted, ¿no?, que si no llega a ser porque me lo ha pedido el *dutór* Sironi yo aquí no ponía un pie, me llamó él para explicarme cómo ponerle las inyecciones y darle las medecinas. Así no tiene que subir él todos los días. ¿Me oye? ¿Oye algo? Se me representa como si hablara sola.

Le he preguntado al *dutór* si me pagarán algo por los favores. ¿Y sabe lo que me ha contestado? ¡Que pida que me den huevos! A mí condumio no me falta, las cosas como son. Todo el mundo me da algo. Menos dinero, claro. Ah, sí, aparte de la vez que ayudé a parir a aquella extranjera. ¡Virgencita mía, la primera vez que vi dinero contante y sonante! ¿Se lo he contado ya?

Pues resulta que pasaba por aquí una mujer de la ciudad que volvía a su casa después de tomar los baños termales de

Acquarossa ¡y patapám! Se le abrió la *bujòta,* la bolsa; que rompió aguas, para que nos entendamos. Estaba de camino y me mandaron llamar para que bajara al llano y viera a ver si podía asistirla. Casi pare en las calles. ¡Menos mal que salió fácilmente! Yo aun así la asistí, y luego ya llegó el *dutór* de los ricos con sus anteojos, su bata blanca y su mostacho. De todos modos, lo gordo lo hizo esa buena mujer, ¿eh? Era fuerte, no hizo falta más que decirle que tenía que empujar, respirar y empujar, y hala, la criatura nació, ¡como uno de los nuestros!

No, si al final somos todos iguales y a todos nos manda el Señor, ¿es o no es? Lo mismo da pobres que ricos, don Antonio: somos todos iguales y nacemos en cueros e indefensos.

Al cabo de unos meses me mandaron los dineros, el cartero me los entregó, estaba todavía el *porò* Matti. ¡Nunca en la vida había yo visto dinero semejante! ¡Unos billetes de papel verde finísimos, con letras y un leñador dibujado!

¿Le doy algo de beber, don Antonio? ¿Tiene sed? Voy a ayudarme con la cucharilla, a ver si consigo no manchar la sábana. Me tiene que abrir un poco la boca, ¡eso es!

Ya sabe usted que eso de la caridad cristiana, lo que le decía el otro día... Yo siempre he visto solo una *fassòn:* señalar con el dedo y decir obscenidades contra las mujeres. Sobre todo en esos momentos. ¡Siempre historias feas! Y claro que hay mujeres *malorose,* pobres desdichadas, y cuántas que no tienen elección. A algunas no les queda más remedio que taparse la panza, y rezan y lloran y hacen de todo con tal de esconderse, esperando a vaciarse antes de tiempo. Más que regalos, muchas veces solo son desgracias.

Para casi todas lo peor es que la vida sigue, que hay que ir a lavar al lavadero, aventar el heno, *cavèè i gnücch* y cuidar de los otros chiquillos. Por no hablar del hambre y la miseria tan espantosas que nos mortifican siempre. Más que caridad... ¡necesidad! Eso es, la necesidad es lo que nos cae como un regalo del cielo. Hay pobres diablas que prefieren vaciarse, sacárselo, ¡deshacerse de ese regalo celestial! No existe consolación ninguna, padre querido, y la fe no me la vaya a mentar, que vamos a misa y no sabemos siquiera por qué. ¡Me parece a mí que el de ahí arriba se ha olvidado de nosotros, los que estamos aquí en el valle!

¿Para qué le contaré yo estas cosas, si ya las sabe? Pero ¿usted ve esa miseria espantosa que se nos agarra igual que el olor a cuadra que no se quita jamás por más que nos lavemos?

Usted hace como el que no se entera. Vive rodeado de limpieza.

Guarda cama, tiene los ojos malos, la mirada como perdida. Pero yo me pregunto, ¿adónde ha ido a parar su espíritu?

Yo lo miro y me da una poquilla de *pigöira* y por eso exagero y digo cada cosa... pero son cosas que no le digo nunca a naide. En este cuarto solo estamos nosotros dos, ¿o no?

¿Me oye?

3.

¿Ha tenido visita de la ciudad? ¿Qué, han pasado por aquí los de la diócesis? Seguro que han sido ellos, a saber con quién habrán hablado. A saber. Padre, mueva el brazo si me oye decir estas cosas. ¿Qué, me oye? ¿Me entiende?

¿Sí? Ay, bendito sea Dios, espérese… voy a ir a llamar a alguien, ¡a la Gina!

Duerme, pero antes me parecía que estuviera despierto.

Sabe Dios si está mejor hoy. Siempre aquí solo, en este cuarto tan grandón, no sé yo si es más bonito esto de usted o si será más bonito como vivimos nosotros, con tanta gente toda junta. En otros tiempos, era yo chica, el pueblo tenía muchos más habitantes, que no había camas suficientes para todos. Yo siempre dormí con mis hermanas. Nos poníamos siempre cabeza-pies; cabeza-pies viene a ser que una se tumba con la cabeza en la cabecera y la otra con la cabeza en los pies; lo que es dos en una cama, vaya. Los *Canapìn,* que eran los vecinos de al lado, dormían hasta tres por cama.

Somos familias numerosas, como todas las de aquí de *Curzònas*. *Adèss* en el pueblo quedan nada más que las mujeres, los hombres nos abandonaron. Es raro porque las casas están silenciosas y como vacías.

Nosotros seguimos usando los mismos cuartos, no vaya a ser que a los emigrantes les dé por volver. Bien sé yo que no tocar esas camas que están ya hechas es una manera más de tener paciencia. En algunas casas hay dormitorios, algo así como este, bonitos y acogedores, que parecen estar esperando. ¿Esperando a quién? Esperando a que regresen los que se fueron. Pero ¿regresarán, acaso?

Qué de hombres se fueron. El marido de la Rosa, que es un *vilàn* de cuidado, ese se quedó. Los que son recios y tienen brazos fuertes, esos son los que se marcharon, *pòura gent*, a saber dónde andarán.

Aquí se han quedado el cura enfermo y algún desgraciado más. Con perdón, ¿eh?

La juventud trabaja a destajo. *Varda lì* al Scapozza, el que tiene la sociedad, con sus hijas: la Elda, la America, la Bruna, la Palma, la Cora y la Bice; les puso pantalones largos a las seis ¡y hala, al campo! A mí me parece una lástima echar a perder a unas niñas tan bonitas; son altas, rubias y sanotas. Pero ¿qué otra posibilidad le queda a un padre? Con que una trabaje en la casa ya está bien, así otra sale al campo o se pone con los nogales y luego con el huerto, otra recoge las castañas, y siempre hay una que se mete en el *pulèi* a juntar los huevos que son para vender. Me parece que la de los huevos es la Bice, con ese pelo que parece de hilos de oro, fino fino, y que siempre se le escapa y le tapa los ojos azules. Un día ella y el Mateo el de Solari, un canalla de padre y muy señor mío que no para quieto, hicieron una trastada... que luego fue la comidilla del pueblo. No me acuerdo bien ya, pero algo hicieron con el bacín de la *pòura* Teresita. Otra vez, el desvergonzado del Mateo se encontró en el suelo una hebilla que luego resultó ser de una señorona de Milán, el caso es que el muy zorro no se lo pensó dos veces y cogió la hebilla del suelo. ¿Qué cree usted que hizo con ella? ¡Regalársela a su Bice, que es su novia! *Ma sa pò? A dés ann!* Ah, sí, sí, la Bice es la que se encarga del *pulèi*. Y la Cora puede que sea la única que tiene los ojos de color avellana. Pero guapas, guapísimas todas, suerte tendrá el que se case con esas muchachas porque son un primor.

Y hablando de *pulèi,* don Antonio, hum... a mí los huevos me gustan mucho, sobre todo cocidos, *dür*. Tan blanquitos y tan redondos, y tan suaves como la piel suya de usted.

Don Antonio, tiene usted una piel clara y sin marcas que cuando la noto debajo de los callos de mis manos me entra una *galìtiga*... Nunca se me había ocurrido que un hombre pudiera ser tan suave.

Los niños recién nacidos son también así, pero yo a esos los toco *pòch,* lo justo nada más; me dan vergüenza mis durezas y tener la piel gruesa como corteza de tocino. Pero *iscì* son las cosas, don Antonio. Estas ampollas mías son de rastrillar y de aventar el heno. Luego la estación cambia, pero las ampollas se quedan, mucho mucho tiempo, y aunque me espere a que se curen, a las más coloradas, las que más duelen, vienen las nuevas a sustituirlas. Primero que si rozan las *pinèe dal scivöi,* que te resbalan por los dedos y te hacen cada corte que, vamos, venga ponértelas, venga quitártelas, y de vez en cuando zas, un dolor... Después vienen los callos de cuando toca cortar la leña. Conque ya ve usted, padre, para mis manazas así va pasando el año, a base de heridas y durezas.

¿Cómo es posible recibir a los recién nacidos, tan templaditos, tan puros, con unas manos como las mías?

La primera vez que vi porcelana me entró algo así como una *galitighina* por debajo de la piel de las manos. En nuestra casa nunca hubo nada parecido. Pero las tazas de los Bianchi, qué lujo, ellos tienen esas tacillas tan finitas, nada que ver con lo *nòss*. Pues sí, don Antonio, los ricos son *iscì*, viven en un casón con jardín; los hombres lucen una cadena de oro que les va del botón del chaleco al bolsillo, y unos mostachos muy bien peinados, y sombrero de ala ancha. Las mujeres llevan vestidos con los cuellos de encaje y el pelo peinado según la moda de París, y algunas hasta usan una sombrillita blanca, de seda.

¿Es verdad que es usted de familia rica? Sabe Dios; desde luego, su piel no lo desmiente. Bien sé yo que son temas que... es que me se vienen a la cabeza. Muchas veces pienso en la vida que llevan los ricos. ¿Es eso pecado, don Antonio? ¡Dígamelo, por favor! ¿Es envidia? Mi hermano, cuando se fue, me prometió que algún día también nosotros viviremos en una casa grande con jardín. *Adèss lüü* está en París desde hace mucho, muchísimo. Pero me da a mí que la mansión no la tendremos nunca. Yo en todo este tiempo no he dejado de soñar con jardines en los que crecen esas flores de colores tan bonitas. Nada que ver con las de nuestros campos, con nuestras florecillas silvestres.

¿Sabe usted, padre, que hasta las flores de aquí del valle tienen el mismito carácter que nosotros los montañeses? Son *pinìn* pero fuertes, crecen en lo alto, tienen su perfume, y algunas te pinchan cuando las pisas. El primer día que subes a los pastos se ven tan bonitas que te parece que te estén esperando, despiden un perfume como de bienvenida, un perfume que solo despiden ellas. El olor del verano. Y sin embargo no las puedes coger porque se estropean enseguida.

Las flores grandes con las que sueño yo, en cambio, esas que tienen la cabeza bien gorda y cantidad de pétalos y hojas, aguantan en los jarrones una pila de días, y son ligeras como las nubes del cielo.

Las flores que tenemos aquí en el pueblo son para los muertos. Donde vivimos nosotros, si puede una plantar un par de crisantemos en un rinconcito, cuando el *Donèta sumenzàtt* trae semillas... pues ya nos damos por satisfechas.

A todo esto, cura mío, ¿sabe usted que yo pido también por las flores cuando rezo mis oraciones? Espero con todo mi corazón que florezcan, si no, qué desesperación. Al cementerio hay que llevar crisantemos el día de difuntos. Es la costumbre en noviembre.

¿Sabe a cuántos tenemos allá abajo? La familia no hace más que menguar; y buenos disgustos nos han dado algunos.

No solo de los nuestros, *vilana mort*. Cada vez que pienso en la Esterina la de Ghezzi, que murió quemada viva en su casa... Y la sacristana venga a decir por todo el pueblo que morir pasto de las llamas es un calvario que se reserva solo a los peores pecadores.

¿Será verdad eso, don Antonio?

La Esterina era una buena *fantèla*. Para mí es una desgracia que una muchacha que todavía ni se ha casado se muriera mientras guisaba para todos.

Había un olor a quemado en la casa que tiraba para atrás. ¡Y todo el mundo venga a decir que no había que *usmare* el olor de la muerte! Para mí que era más bien el *caldröu* de la polenta, que naide lo había apartado del fuego y por eso echó a arder la chimenea toda y sanseacabó. Qué pena más grande para esa familia.

Pero ¿quién nos dice que eso es un castigo de Dios?

Porque usted, señor cura, ¿lo sabe? ¿Conocen ustedes las respuestas? ¿Es todavía mi cura? ¿Cómo le habla Dios a usted?

4.

Aquí estamos, don Antonio, ¿cómo va la vida *incöö*? ¿Es cómoda la cama? Le pongo otra almohada, ¿mejor?

Poca mejoría veo yo. ¿Tengo cara acaso de *véss bamba*? Míralo, que parece que dice que sí con la cabeza. Sabe usted tan bien como yo que aparte de las *pòre* diablas que están de parto a mí no me escucha naide. No como a usted, que los domingos nos habla a todos en la iglesia y nosotros los feligreses, chitón.

No estoy acostumbrada a verlo así, sin sus vestiduras. Me vengo a referir a que verlo sin la sotana... en fin, que *son genada,* que solo de pensarlo me tiemblan las manos.

Mejor corremos un tupido velo; atienda, le advierto de que cuando la punta de la jeringa entre en la piel le escocerá, pero doler no duele. Se la tengo que poner *adèss*... en la paletilla, ¿eh? ¿Que no me ve? Aparto un poquito, le tiro de aquí, del cuello de la camisa, le desabrocho el botón, ea, *visìn* de la paletilla derecha.

¿Ve como *l'eva scvèlt*?

Sabe Dios si habrá oído algo de lo que le he dicho.

A propósito, aquí en la cómoda que está a la vera de la cama he dejado los estuches, dentro hay más jeringas, las abujas... Esto de aquí es el hervidor de las jeringas. Me explicaron cómo se usa: tengo que ponerle agua y luego arrimarlo al hornillo hasta que rompa a hervir. Una *scatrèla* preciosa, luego da todo mucha faena, pero usted eso ni lo sabe ni le interesa, ¡ni que tuviera que andar preocupándose por cómo se hacen estas cosas! Aun así, *fà 'tenziòn* y si se le mete alguien en casa para hacerle una visita que no toque *nagóta*.

Cada vez que tengo que ocuparme de usted me entran palpitaciones. Tiene un cuerpo imponente, qué trabajito me cuesta moverlo. Por suerte está la Gina, que es la que se encarga de asearlo. Y tengo que decir que huele usted la mar de bien, para nada huele a enfermo.

¿Mira por la ventana? ¿Ve hasta abajo, hasta la calle? ¿Oye la escandalera que tienen armada? Son una panda de brutos, hombres sucios y malolientes que ahora se pasan el día entero en el *bistrò*. Son todos de los que se quedaron aquí, o de los que volvieron, solo que todavía más pobres y más lerdos que cuando se fueron.

Las cosas han ido a peor desde que está enfermo, sabe usted; han cogido la costumbre de mear contra la tapia, *chi sóta ul mü da cà vòssa*. Y no son ellos los únicos. Se traen un trajín... ¡todo el día para arriba y para abajo! ¿Y a que no sabe por qué? Pues dizque lo hacen para impedirle al diablo que se vaya de su casa. ¡Para que no salga de aquí lo orinan todo alrededor...!

El primero que tuvo la ocurrencia fue *ul* Donetta, que bebe y va por todo el valle con sus diabluras fotográficas.

Todos los que se quedan aquí, donde la taberna, se tirarán un buen tiempecito sin pisar la iglesia, ¿eh? Con la excusa de que el cura está malo, se quedan en sus casas. Luego, cuando se pongan malos ellos, cuando les llegue su turno... Entonces sí que se ponen a buscar a Dios, a rezar sus oraciones y a llamar a las mujeres. Solo saben lamentarse con tal de que los ayuden.

En fin, por lo demás en el pueblo va todo bien, la nieve ha helado el pasaje Rigozzi, la *strécia* que pasa por delante de la capilla y por la que todos los años alguien da un resbalón. ¡Pues este año le ha tocado caerse a la Giuseppina, la madre de los Malfanti! Por arriba siguen esperando a que salga de cuentas la Clotilde; ¡está ya que parece un tonel! Siempre se pone muy gorda, pero gemelos no son. Su familia no da gemelos. Esa mujer siempre ha parido solo una criatura cada vez, que casi da hasta lástima, con esa abundancia de leche que le entra, y cuando la leche no tiene su salida natural se sube a la cabeza y es un peligro. Pero por lo general siempre se encuentra a alguien que la pueda aprovechar, yo siempre he sido muy de ayudar así.

La parturienta sabe que debe evitar que le den preocupaciones e irritaciones y vigilar que ninguna vecina se la robe, aunque aquí... madres secas que se metan en las casas a beber del balde del agua con idea de gafarla no hay ninguna. Aparte, que alguien sea capaz de secarle los pechos a naide, por mucha gracia de Dios que tenga, yo eso no me lo creo. Mujeres con el remiendo rojo en el pecho se ven cada vez menos. Los tiempos cambian, y por suerte esas supersticiones van echándose al olvido. Bastante complicada es la vida *iscì* como para tener en cuenta todas esas creencias.

Bueno, y hablando de mujeres y de lactantes, ¿qué vamos a hacer con las bendiciones? ¿Quién va a bautizar a los recién nacidos? ¿Quién se va a encargar de quitarles a las mujeres la impureza del parto?

Que el Señor nos ayude, *pòura gent*.

¡Don Antonio, qué poquita falta nos hacía esta enfermedad suya! Y *adèss* que ya no anda usted por el pueblo la gente se lamenta, que manden venir al cura de Aquila, dicen. Pero vamos, a las alturas del año que estamos...

Alguno dice también que parir en un pueblo sin preboste da mala suerte.

Ayer por la noche se presentaron en mi casa dos mujeres preguntándome si es mejor beberse una decocción de tallos de perejil o una de sauce. ¿Cuál ayuda a no quedarse? ¿Cuál conviene usar para que se seque el vientre?

Yo me soliviantó. Hacía mucho ya que no oía estas monsergas de venenos para las mujeres.

Pero ¿qué hacemos? Tenemos que decidir qué hacer si pare alguna. Al chiquillo hay que bendecirlo, a la puérpera hay que consagrarla, pero ¿qué hago, traerla aquí a rastras? Me parece a mí que no está bonito que la reciban a una en el dormitorio de un cura. Además, la mayoría de las veces las mujeres están más muertas que vivas en ese momento, y es un asunto delicado. Por no hablar de usted, que por ahora de salud está malamente nada más...

Parece que la palabra de Dios que usted tan bien guarda y custodia no hace gran cosa por facilitar el estabilizamiento. Al contrario, tiene hoy la cara blanca y demacrada, don Antonio, ¡a saber adónde se le ha ido la cabeza! ¿Me oye? Que el Señor nos ayude.

5.

Soy yo otra vez, padre, la Caterina. ¿Ve qué rápido he vuelto? Aunque ya es por la tarde. Me tiene a mal traer la visita de las dos mujeres que le he contado antes.

Virgencita, la de tiempo que llevaba yo sin oír hablar de ciertas cosas, que si inyecciones de agua y jabón, que si tampones de hojas venenosas, que si palos por ahí... ¡Y cosas peores! Hace ya mucho una intentó meterse petróleo de quemar por ahí mismo. Otra vez, una mujer me habló de unas hierbas que se bebía mezcladas con vino tinto, pero litros y litros. Y todo esto con tal de quedarse secas, de que no prospere o incluso de vaciarse.

En el peor de los casos había que estrangular el asunto en el vientre, sacarlo lo más rápido posible y sepultarlo bajo tierra. Que es un pecado de los gordos... pero quién soy yo para juzgar.

¡Son cosas que pasan!

Pues sí, don Antonio, para esos apaños no hace falta mi ayuda... ni la de la *comarina,* ni la del sacerdote ni la de naide. La desesperación te obliga a hacer barbaridades.

Usted, don Antonio, y los demás sacerdotes también, no paran de hablar del cielo.

Pero aquí no siempre es así, que veo yo las fosas que abren los padres con tanta cólera que la tierra parece teñirse de negro de tanta blasfemia.

Me parece a mí que le está incomodando esto que le cuento. Pero... ¿qué pasa? ¿Llamo a alguien? ¡Respira muy acelerado!

La infusión lo ha calmado, la Gina ya ha salido. Le pido perdón por haber sido tan brusca. Será que tengo ya vistos tantos dramas... Pero siempre hay algo peor, don Antonio, ¿sabe usted? Yo he visto cosas peores. Son gajes del oficio.

No se acostumbra una nunca al sufrimiento, puede que tenga usted razón al reaccionar *iscì*.

Bien conozco yo los cuerpecillos de esos niños que se apagan como la llama de las candelas cuando les soplas. Apenas han salido del calorcito del vientre, *con di manìn pinìn pinìn* que casi no se mueven, y lo mismo los *pescìn*. Pasan tres minutos, o dos horas, o veinte minutos tan solo, y ya no queda nada. Una masa rosada y blanda que pesa lo que pesa un bloque de mantequilla y que por piedad envuelves en un lienzo. Y luego hay que atender a la madre. Y ahí tienes que estar horas sin moverte del sitio, a veces un establillo o una cocina enana con el aire irrespirable. Una peste que luego no te la sacas de encima, una mezcla de tierra y sangre. Al final los paños de lino y algodón acaban todos colorados. Para mí lo peor en realidad es ese olor, la pestilencia de los cuerpos que sufren… y un murmullo más, y luego un suspiro moribundo, que se reconoce siempre cuándo es el último.

Y entonces viene el después, todo lo que llega con el después.

Los padres, el sabor amargo de su rabia, los hombres que reclaman algo, cualquier cosa. Las obscenidades que gritan los gaznates secos y apestosos de los hombres que han estado esperando en el *bistrò*… Miseria y desolación, cuántas veces no habré tenido que anunciar que no, *gh'è nagót*. No hay nada vivo, y todo se vuelve infernal.

¡Caramba, don Antonio! No recuerdo haberlo visto intervenir en momentos así. ¿O sí? ¿Me responde, señor cura?

¿Le he contado ya de aquella vez que tuve que sacar a uno de esos *fantìn* con mis propias manos? Pues verá, fue tal que *iscì:* la parturienta estaba todavía con las contracciones, y eso que ya se había bebido la *mama dra ségra,* un día y una noche llevaba en las mismas. Mira que sufría, pero nada, no había manera de sacárselo… y eso que el bebistrajo ese obra milagros cuando quiere. Pero a la mujer la infusión de cornezuelo era como si no le hiciera nada. *Sicür* que la criatura que tenía en la panza era ya un angelito. *Sicür…* pero yo oía a esa mujer aullando de dolor y… ¡no pude más y le hundí la mano en el vientre a esa pobre diabla! ¡Y la cabeza del *fantèl* va y me se escurre! Probé de nuevo, esta vez metiendo la mano hasta aquí, hasta que por fin conseguí enganchar un dedo en la boca del *pinìn*. Yo sabía que estaba ya muerto, así que tiré con todas mis fuerzas. Me tenían el cuerpo malo los berridos de aquella mujer, *malorosa verament*.

Qué sufrimiento. Su niño había muerto, pero ¡detrás de ese salió otro que estaba vivo!

Y le digo, don Antonio, que hasta los vecinos se quitaron de en medio por temor de contagiarse, ni usted que es el preboste apareció por allí. Estábamos solas ella y yo; los demás le tenían miedo al diablo. Tanta agonía no puede tener una explicación así. ¿O no? La única digna de lástima era ella, la madre, su cuerpo deshecho. Y ese neonato al que tuve que sacar yo por la fuerza, que me se quedó en los dedos el sonido que hizo la boca cuando se partió en dos. Ese crac que todavía *adèss* me tiemblan las manos solo de pensarlo. *Al s'è rótt in di mè man,* don Antonio.

¿Qué vida es esta que nos ha tocado?

Aunque ¡no le cuento cómo fue el llanto de aquel segundo feto tan vivaracho e imprevisto! Misericordia del cielo la de aquel día, ¡*ul Signor* estuvo ahí! Estuvo ahí con nosotras, acaso tirado en el suelo igual que yo.

Ya ve que me conmueve el recuerdo de cuando estuve allí arrodillada. Ese rato que parece no acabarse nunca es un momento del que tanto ella como yo nos acordaremos siempre. Cuando nos cruzamos por el pueblo e intercambiamos una mirada, sé que me está agradecida porque yo no me aparté de su vera.

Creen todos que las mujeres cuando paren son impuras. Que si una mujer tiene dolores de parto es porque se le ha metido dentro *ul Diavol*. Yo las conozco a todas toditas: la Lucia Neri, la Franca Vescovi, la de Girordell, la *pòra* Luisina... Eran mujeres sanas y estupendas. Buenas cristianas que murieron todas pariendo. Hasta que usted, cura, no pasa a bendecirlas, son mujeres corrompidas.

Pero a ver una cosa que yo me entere, si se nos abulta el vientre algo de culpa tiene también un hombre, ¿o no? Una pregunta que le hago yo al alcalde, al *dutór,* y que te hago a ti, preboste: ¿qué mal hemos hecho nosotras las mujeres? En esos momentos ya tan difíciles de por sí ¿os atrevéis a tratarnos como a seres impuros? Pero ¿en qué cabeza cabe? Misericordia.

6.

Hoy lo veo espabilado; por fin. ¿Se ha bebido el vino caliente? ¿Sabe usted que la receta nos la trajo al pueblo la *pòura* Gisella la de Gatt? ¡De *Briansòn,* nada menos! Por lo visto allá ese brebaje resucita hasta a los muertos, *malorós,* con la de obreros enfermos que tienen por culpa de las minas de carbón.

Usted aquí tiene las inyecciones del *dutór,* de lujo, pero a saber si le están haciendo algún efecto. A mí no me da la sensación de que haiga mejoría, don Antonio. ¡No, la verdad es que no!

Yo le digo cosas que no sé siquiera si es de justicia decirle... ¡Espero no ser yo la que lo mate de un disgusto!

Por lo menos les rezo a *ul Signor* y a *ra Madòna dal Sass* para que se hagan cargo también de su sufrimiento.

El otro día hablé tanto que le provoqué temblores.

Pero usted no se ofusque, la gente sigue teniendo fe en Dios. ¡Siempre están los que vienen pidiendo los favores de los santos!, ¡los maridos que mandan a la mujer a implorar el socorro de los apóstoles para que la cosecha sea buena!

O los que pretenden que les bendigan los pastos de montaña a cambio de una buena *lugàniga*. Pero si el cura está guardando cama, padre querido, ojos que no ven, corazón que no siente. Es el momento propicio para cometer pecados de toda clase.

Bien sé yo que le cansa oír tantas historias sobre desesperación, desolación y duelo. Pero ¿cuándo me veré yo en otra de hablarle de mis quehaceres? Ahora que no puede hacer oídos sordos, ahora que está usted aquí postrado, yo me aprovecho de su parálisis para contar. ¿Sabe que las casas se vacían cuando una mujer se pone de parto? Los hombres se largan. A los niños los quitan de en medio. Y luego, cuando ya está todo hecho, vuelven los familiares. A veces los críos descubren una hermanita o un hermanito y les dicen que la madre lo ha encontrado en el huerto. A veces la madre está en la cama sin más, triste y extenuada, más que de costumbre. En esos casos al día siguiente tañen las campanas de los inocentes. Abajo en el río se hace la colada, el agua se tiñe de rojo, y la vida sigue. *La Santa Crus la gh'a peisoü*.

En las familias demasiado pobres, con una vida *salòpa* y dura, a veces yo me digo que es mejor así, que el alma de los recién nacidos echa a volar directa al paraíso. *La Santa Crus la gh'a peisoü*.

Uno, dos, tres, cuatro, diez, y hasta quince hijos por mujer... Las mujeres se ajan, los cuerpos envejecen. El sufrimiento es la seña de identidad de una mujer, no existe otra vara de medir. Para colmo, esos hijos nacen entre sufrimientos y los sacamos adelante en la miseria nuestra de cada día para luego verlos marchar. Se meten a maquinistas, a picapedreros, a carpinteros, a herreros, a fogoneros. La emigración del bienestar la llaman. Verlos marchar es también verlos morir lejos de nosotras. ¿Cuántos emigran y en vez de estar mejor acaban mal? ¿Y a nosotras qué nos queda entonces?

También usted, don Antonio, está lejos de los suyos. Me hago cargo.

7.

He visto a la Palma Giroldelli. Que quiere pasarse por aquí para verlo. No deja de temblar, *pòura,* ni de retorcerse las manos todo el tiempo. ¡Si la viera, don Antonio! No para quieta. *Sempro* en movimiento, se *cagna* las uñas y se irrita la piel de esas santas manos que tiene y también guiña los ojos más de lo habitual. *Tutti i ghiribìzz dal mund* tiene esa mujer, pero ¡y lo que reza!

L'è ancora in dal lètt?, me ha preguntado. Y mire, sí, le he dicho que sí, que sigue usted guardando cama, pero que está mejor, que bebe y come algo. ¿Habré hecho bien? Porque lo miro y no me lo parece para nada.

Total, que la Palma lo mismo pasa por aquí para hacerle compañía. Me ha dicho que le da un poco de canguelo, es comprensible. Las únicas camas que ha visto la Palma tenían muertos dentro, ¡nunca vivos! Ya a estas alturas se quedará moza vieja, y si te descuidas puede que sea la mejor opción.

¿Se acuerda de la Marta la de Sibeli? ¡Es decir el nombre y me tiemblan las piernas! Se quitaba la comida de la boca con tal de sacrificarse por los demás. Y cuando comía era una simple *acqua bollita,* ¡y eso que acababa de parir! *Acqua bollita* un día detrás de otro... ¡eso te manda directa al cementerio, hombre! ¿O no? ¿Por qué las mujeres no pueden comer con enjundia después del parto?

¿Por qué decís que las mujeres ponen negro el pan y agrían el vino?

Como no es lícito que la puérpera almuerce con toda la familia, tiene que comer sola, en un rincón. Una sopita, y solo después de la bendición purificadora, ¡cuántas veces no les habré oído esas palabras a ustedes los prebostes!

Yo me meto la mano en mi pecho y no me puedo creer que Dios considere a las madres tan sucias. ¿De qué vicios, de qué depravaciones somos nosotras culpables en el fondo?

¡Contésteme, don Antonio!

No lo quiero ni pensar. El otro día me se acercó el Lucio para hablar conmigo... Ese *fantèl* tenía el olor de los pobres. ¡Caterina, cuando sea grande me comeré todos los huevos que me se antojen en vez de venderlos! ¡O lo mismo vendo algunos pero solo para comprarme chocolate y *biscuì*!

Sabe, lo peor es que a mí también me entró el antojo de comer dulces. Cuando tienes un par de monedillas *in sacòcia* porque has vendido los huevos o porque te las has ganado haciendo mandados para los Bianchi, mira tú, podrías comprarte algo para ti... y te viene ese deseo. Y sin embargo las llevas a casa.

Ay, Lucio, vida mía, le dije yo, si todavía te da tiempo, métete en el bosque a coger bayas. Allí tienes uva espina, arándano, mora, pero ¡ojo, que *certi piant i pizzigan*! Y él: Yo me como hasta las castañas crudas, Caterina, aunque salen lombrices en las tripas y aunque la piel de las castañas te se mete debajo de las uñas y duele a rabiar. A veces busco también esas flores chicas amarillas azucaradas que están tan buenas y hacen como las trompetas cuando las chupas. A veces robo de la despensa un poco de azúcar. Me chupo el dedo y lo meto en el tarro, pero eso no se hace, es pecado y me arrepiento. Es que a veces me pueden las ganas de comer algo dulce. Caterina, espero que mamá no se muriera por culpa de mis faltas.

Don Antonio, qué pena me da ese zagalillo. Que se sienta culpable desde siempre. Pero usted que es el cura ¿sabría responderle a ese huérfano? *Ul Signor* se llevó a esa pobre madre, pero ¿sabe alguien por qué?

8.

Buenos días, ¿cómo andamos? ¿Sigue teniendo lo negro delante de los ojos? ¿O es en blanco como lo ve todo?

Hoy en la iglesia he visto a otro zagal triste y desesperado. Le he dicho que se pase por aquí a verlo a usted, pero no ha tenido valor de venir.

La confesión siempre ayuda a las almas en pena, ¿verdad? Pues pruebo a contarle el caso de ese chiquillo y ya usted me dice. Si me sé de memoria la cantinela, le puedo decir yo lo que tiene que recitar: *Quocirca absolutio, quam minister veniae sacerdos, licet sit et ipse peccator, paenitenti concedit, signum est efficax actionis Dei in unaquaque necnon resurrectionis ex morte spirituali, quae toties repetitur, quoties Sacramentum peragitur Paenitentiae.*

En definitiva, el pobre estaba llorando con una fotografía en las manos y me se ha acercado diciéndome: Estoy mirando la fotografía de mi madre y me dan escalofríos por la espalda por la *fassòn* como pasaron las cosas.

¡Qué voz más *malorosa,* cura mío!

Por lo visto a la madre había que operarla del apendi y alguien le dijo que el hospital le iba a costar un ojo de la cara.

Cuando una especie de *dutór* se les presentó en la puerta de su casa con una solución, aceptaron. Yo eso se lo hago aquí en casa, solo necesito lámparas y dos o tres cosillas, les dijo el delincuente ese. Y ellos allá que fueron a buscar las lámparas y con las mismas pusieron *di ass* encima de la mesa de la cocina, que era el sitio más cálido de la casa.

¿Se da usted cuenta, don Antonio? La desesperación te hace perder el sentido común, ¿es o no es?

Me parece a mí que esa familia vivía en la casa de Solari, son *foresti* que vinieron para trabajar. Suben a pares hasta aquí para hacer carreteras en los pasos de montaña. Deben de ser italianos y *adèss* no saben siquiera si quedarse porque el padre está desesperado y se le está yendo la cabeza. Qué vida tan dura, los hay que están peor que nosotros.

El zagalillo me ha dicho que la madre era una mujer fuerte y corajuda, siempre con las bestias, una trabajadora nata. Ay, cura mío, *pòura* mujer, la tumbaron encima de los tablones de madera y el sinvergüenza ese les dijo que la operación era barata y que había salido todo bien.

Tuvieron que llamar al Donetta para tener al menos un recuerdo de la difunta y poder enseñar algo a la familia allá en su tierra. Jesús, cómo lloraba el zagal; la madre murió después de dos días de agonía y fiebre y a saber qué más. Por eso lo buscaba a usted, para que fuese a bendecir la cocina, el lugar donde se cometió la fechoría. Yo lo que le he dicho es que baje hasta Aquila a por el otro cura.

Pues sí, don Antonio, estas cosas dan que pensar. No es fácil estar sin sacerdote en el pueblo.

9.

Don Antonio, me he encontrado con la Assunta Aliverti, la de la Isolde, que esperaba que hubiera vuelto ya usted a la iglesia. Que necesita hablar con usted pero le da apuro hacerlo fuera del confesionario. Que prefiere cuando está usted escondido detrás de la rejilla. ¡Y yo, ni corta ni perezosa, le he dicho que se ha quedado ciego!

¿Eso qué significa?, va y me pregunta. Le he explicado que se le han puesto los ojos duros como canicas, vamos, que están inmóviles y no ven nada. Aunque qué sé yo lo que ve usted. ¿Lo ve todo blanco? ¿Gris tal vez?

Y ella agarra y me contesta: ¡Ah, bendito sea Dios, conque eso es ser ciego!

¿Ya estamos con los suspiros? Tenga paciencia, se lo pido por favor, paciencia. Que le tengo que cambiar el camisón, don Antonio. Lo primerito es quitarle este, pero descuide que lo tapo con la sábana... ¿Estamos? Entretanto, le he prometido a la Assunta que le contaría yo su historia.

Hará más o menos una semana iba ella por la calle que pasa cerca del lavadero cuando oyó unos ruidos en el granero que queda por allí. Se acercó para ver qué era y entre los tablones de madera vio algo.

Señor cura, me va a perdonar usted pero lo tengo que mover un poco, ea, así... ¿Me oye, don Antonio? Nada, que no responde...

Total, como le iba diciendo, que la Assunta, hecha un mar de lágrimas, me ha confiado que al principio le pareció ver a la Lucia la de Solari echada en el suelo y abierta de piernas, con sangre goteando... y que entonces vio que de entre las piernas le salía algo. ¡Ay, *Madòna dal Sass*!

¡Esta Assunta! Me da hasta una miaja de pena... No tiene ni idea de lo que vio. ¿Pues no va y dice que la Lucia ha cagado un vástago del diablo? Qué perra tiene esa mujer con el diablo, no habla de otra cosa. Erre que erre, qué obstinación. ¡Y *adèss* estará soliviantando al pueblo entero con la monserga! A mí agarra y me dice: Caterina, eso será que el diablo le ha metido dentro a ese niño, o que la ha obligado a comérselo como penitencia. Mi perro una vez cagó también una lombriz blanca muy larga.

Yo me he santiguado. Y usted no se haga mucho de rogar. Tiene que hablar con la Assunta. O bien mandar a alguien que suba desde Aquila, de la diócesis o qué sé yo, alguien que pueda ayudarla.

Hala, pues esto ya está, me alegro de que no me haiga dado mucho apuro tocarlo, con tanto palique. ¡No me atrevía, pero al final *l'è naja bègn*!

¿Llamo a la Gina para su vino caliente?

10.

Ay, don Antonio, ¿qué nos está pasando de un tiempo a esta parte? ¿Y a usted? ¿Cómo va la salud? No se siente mejor, ¿no? Me parece a mí que estas inyecciones que le pongo no valen para nada. A veces murmura algo o levanta la mano, pero yo no entiendo. En el pueblo algunos preguntan, pero ¿es él que no quiere hablar?

¡Y yo qué sé! A mí que no me hagan hablar, si no, que yo no me meto en camisa de once varas.

¡La Rosalba está desesperadita! ¿Que hay que ponerles el heno a las bestias? Ya va la Rosa. ¿Que hay que amasar el pan para llevarlo al horno? Ya va la Rosa. ¿Que hay que remendar cuatro harapos y apañar las provisiones? ¡Ya va la Rosa!

La pobre mujer se pasa el día en el camino haciendo recados, padre querido. Cuando me la encuentro me dice: Verás que cuando a finales de verano toque bajar el heno de allá arriba, Caterina, ¡verás que cualquier día de estos me tiro yo también! De un barranco bien empinado, como el del sendero que sube a los pastos.

¡Es la pura voz de la desesperación, don Antonio! Cuando lo piensa una, ¿cuántos accidentes no habrá habido ya allá arriba? La pobre Maria, la hija del Battista, por ejemplo. ¡Vaya usted a saber si de verdad fue un resbalón! No podemos saberlo con seguridad. ¿Y si estaba otra vez preñada? *Pòra* mujer, quince críos.

¡Bien que hizo en despeñarse!, dice la Rosalba. ¿Acaso se equivoca, don Antonio? ¿Usted se acuerda de ella, que en gloria esté? Por fin habrá encontrado la paz.

Yo solo le pido a Dios que el canalla del marido deje tranquila por las noches a la Rosalba. ¡A mí si al mío le da todavía por arrimarse me dan ganas de clavarle la horqueta...! *Vilàn!* Que no se atreva. Seis chiquillos, yo creo que ya está bien. Mi marido eso no lo entiende, Caterina, se enrabia.

¡Y digo yo, don Antonio, que debería usted explicarles a los hombres que Dios no es que ordene hacer ciertas cosas como bestias! Usted los domingos en la iglesia solo sabe hablar del diablo y del pecado, siempre con la misma canción; ¡Hay que tener los hijos que el Señor nos envíe! ¡Cualquier otra solución es inaceptable! ¡Recordad que esas cosas no se perdonan, que hay que aceptar a los bebés que el cielo nos manda!

Pero es doloroso oír las palabras de las mujeres... ¡*Vilana vita,* yo me tiro desde lo alto del valle! ¡Harta estoy de oírlos llorar desde que se levantan hasta que se acuestan por un mendrugo de pan, estos mocosos, *a l'è una vilana vita!*

¡Y así están las cosas, cura mío! Yo no digo nada, pero ¡cuántas familias hay para las que los niños son algo así como regalos envenenados! ¿Cómo van a sobrevivir? Es una vida *salòpa* la de aquí arriba, ¡solo *ul Signor* lo sabe!

¿Se ha fijado usted en mis manos, don Antonio? Ah, no, ya, perdone, que no ve nada. Tengo las uñas renegridas; el domingo estuve limpiando nueces y tengo las manos negras. La faena es la faena, y la Rosalba... ¡peor que yo! ¡Todo el día aguantando los gritos del marido, «Rosa»! No se le cae de la boca el «¡Rosa», «¡Rosa!».

La Rosalba está desesperadita, yo creo que se escapará. Ojalá se lleve a los chicos y deje aquí a los mayores.

También la mujer del *Donèta sumenzàtt* hizo eso, ahora está en Locarno. Desde luego tienen valor esas mujeres, aunque estén condenadas. Yo para nada las juzgo, porque bien sé yo lo difícil que es aquí la vida, y si encima te toca un marido tarambana no te quiero ni contar.

¿Cómo será vivir lejos de nuestras montañas? Pues sí, muchos se marchan, cuántos de los *nòss* andan por ahí, cienes y cienes.

Cuando llegan cartas al pueblo habla todo el mundo de los *malorós* de los paisanos que están lejos, los que se fueron a Italia, a América, a Londres a vender castañas o a Francia a recoger violetas.

Yo me quedo sin fuelle si tengo que bajar al llano, ni imaginarme cómo será lo de coger barcos y trenes y correos y dejar el valle. Del lago de Locarno he visto fotografías. No alcanzo siquiera a imaginarme una balsa de agua tan grandona.

Usted, cura, es de Como, allí también tienen lago. ¡Quién sabe si no añora usted el lago!

Le tengo que retirar los cojines de detrás de la espalda para moverlo y hacerle friegas con árnica. Lo restriego una miaja, ¿eh? Es para que entre bien en la piel. Hummm, me gusta a mí este olorcillo, ¿a usted no? El árnica es el mejor remedio que hay. Este frasquito de aquí es de los que hice el año pasado. Cogí las flores más amarillas que encontré en los pastos de arriba y el alcohol me lo dio el Amerigo.

A ver, ¿cómo vamos? Le apreto un poco con los dedos, así.

¡Y pensar que en esas comarcas lejanas que le decía antes no habrá ni árnica ni nada!

11.

Buenos días, señor cura, soy yo otra vez. ¿Se ha tomado la sopa? Espero que sí, que el caldo de pollo tenía mucha sustancia. Le añadí una tortillita troceada y se deshace que da gusto... La recuperación llegará también con el apetito.

Oh, bonanima, pascénza.

Oyendo las campanas me se viene a la cabeza que le quería yo hablar de las mujeres que aquí en *Curzònas* han dejado de acudir a las vigilias fúnebres.

A decir verdad, cuando doblan por el funeral de un inocente, por más que usted señor cura nos diga que nuestros seres queridos ya se han convertido en ángeles, ¡la cantinela de las campanas nos pone a todos la carne de gallina!

Por el pueblo me dicen: Caterina, si me meto en la porqueriza y digo que tengo faena para *iscì* no tener que ir al velatorio, ¿es pecado? ¿Se lo debo contar al preboste?

¡Y yo qué sé! A ver, es duro cuando en una familia la espichan un par, uno detrás de otro, las cosas como son. Hoy me toca a mí y mañana te toca a ti. Como duro es también traer al mundo a los mocosos; parirlos y recuperarse después del parto es un calvario. ¿Cómo se acostumbra una a eso?

Yo lo digo siempre, que si alguien llora la muerte de un inocente es que no ha entendido nada. Pero ¡anda que no he llorado yo también! Conclusión, que tampoco yo he entendido qué hacemos en este mundo.

Estoy aquí sentada delante de la chimenea, ¿eh? ¿Me oye bien? Me castañean los dientes, estos días tengo el frío metido en los huesos. Aprovecho para calentarme un momentito.

Don Antonio, le tengo que contar también de la Tullia. Ha hecho una cosa que no se debe hacer. Va y me dice: ¡Qué vergüenza, *mi son genada* muchísimo porque me chorreaba sangre de entre las piernas! Pensaba que la muerte venía a llevárseme. Me estaba vaciando de toda la sangre que tenía en el cuerpo. ¡Ay, Caterina! Por eso bajé corriendo al río a lavarme y me metí con los pies en el agua.

¿Entiende lo que ha ocurrido, padre? Yo para mí que es mejor explicarles las cosas a las muchachas, si no, pasa lo que pasa, y ya le digo yo que meter los pies en el torrente en pleno mes de noviembre... Me sabe mal tener que decir estas cosas, ¿eh?

La muy descerebrada va y se mete en el agua gélida para lavarse entre medio de las piernas. ¿Y el que la vea qué piensa? Y los refajos empapados, ¿cómo los seca? Eso tarda una eternidad, y luego por la tarde son las vísperas y como no aparezcas lo comenta toda la parroquia... ¡Es un auténtico milagro que esa pobre criatura heladita no se haiga puesto mala o no haiga muerto congelada!

Écheme la cabeza para delante... que le doy un repaso por aquí atrás, ¡ea! Es importante tener el cuello y las orejas limpitas, ¿o no?

Y se vaya a creer que quedó la cosa ahí con la Tullia. ¡Agárrese, que viene lo peor! Va y me cuenta: Cuando mi hermana me vio lo entendió. Me habló de lo que son *le regole* y me explicó cómo se usan las compresas y los imperdibles. Luego se lo contó a nuestra madre, que se echó a llorar... ¡El problema es que al asearme en el río frío le corté el resuello a la naturaleza! ¡Cuando una está indispuesta, el agua, ni tocarla! Tampoco te puedes acercar al huerto, ni a la ropa tendida ni a algunas cosas de comer. Animales incluidos.

Pobre Tullia, tener que ver cómo le chorreaba la sangre por los muslos... Su madre le dijo que no se debe ni asear, ni tocar, ni mirar entre las piernas. Que eso es pecado. Y la Tullia, a la orden. Y luego va y me dice: Mi hermana se lo toma con más tranquilidad, dice que la sangre significa que ya soy mujer. Ella es mujer ya desde hace un tiempo. Yo ni me había enterado. Dice que te acabas acostumbrando y que si ves sangre cada treinta días es la prueba de que eres una hembra decente.

A veces me da por pensar que la Tullia se ha quedado tonta de tantos palos como ha recibido. Le hablas y es talmente como hablarle a una persona con los oídos taponados, no te escucha. El padre le ha dado cada paliza a esa pobre chiquilla... Y los insultos y los palos no hacen nunca ningún bien. ¡Como se lo digo!

¿Y usted, don Antonio? Por lo menos una vez debería tener unas palabras con ese hombre, explicarle que ni los borricos se merecen esos golpes.

Por no hablar de que ustedes, ustedes los prebostes, deberían estar en contra de los palos... ¿Usted está en contra? Yo me he llevado cada zurra... pam... pam... pam... y venga, y venga, en los dedos de la mano izquierda. Bien conozco yo la vara, nunca faltaba los lunes por la mañana. En aquellos tiempos éramos siempre los mismos, yo y el Nello el de Croci, sí. Con la excusa de ser los dos zurdos, al final nos hicimos amigos. Pero qué infamia que nos riñesen por eso... Para el padre Piazza éramos lo mismito que los hijos del diablo. *Vilàn*.

12.

¡Vengo con una irritación, cura mío! Una irritación muy grande, ¿le sorprende? ¿Sabe usted si hay un lugar en el paraíso para las madres? En los frescos de nuestra iglesia, aparte de la *Madòna,* yo no he visto mujeres.

Bien sé yo que Jesús para los apóstoles escogió solo a hombres, bien sé que el sacerdote representa a Cristo, que era hombre. Dios es varón, Dios es un padre, señor, creador, juez y salvador. La madre de Jesús era una mujer, ¿será posible que tenga tan poquito valor traer al mundo a una criatura?

Que sepa que me he pasado por la iglesia a caso hecho, para asegurarme. ¿En la pintura de la hornacina, esa que está llena de angelotes? Pues ahí ¡ni una mujer! ¿Esto cómo se explica, don Antonio? ¿Tiene usted alguna idea? Me mira así, sin decir nada... Espere, no se gire tanto... ¡hala! ¡Se ha caído el jarro del agua caliente! ¡Santa María! ¿Se ha escaldado? ¿No? Menos mal. Si es culpa mía; le pido perdón, he sido yo la que lo ha dejado ahí.

Mis cuidados diligentes y piadosos no le cunden. Al revés, lo enojo con estas cosas que le cuento, bien lo sé yo.

A veces, preboste mío, nuestros pensamientos son la mar de imprevistos. Y usted, que no dice nada... ¡ni come ni bebe ni duerme! ¡Tú no pides nada! Tú todo lo ignoras, pero estos arrebatos lo mismo quieren decir algo.

¿Hay un sitio para ti ahí arriba en el cielo? ¿Y para nosotras las mujeres? Deme una señal, dígamelo...

Está medio mudo y ciego del todo. Casi me da hasta lástima no poder escuchar su cantinela sobre el pecado y la mujer, primera epístola de san Pablo a los corintios. Me acuerdo muy bien: Cristo es la cabeza de todo hombre, y el hombre es la cabeza de la mujer, y Dios es la cabeza de Cristo.

¿Cuántas veces habré pasado yo por el confesionario en estos años? He pedido perdón por todos mis pecados y flaquezas. Pero hoy su silencio me se sube a la cabeza; tal vez, lo reconozco, siento como que me distancio de usted, cura mío, que la fe me se escurre de las manos. Verte así, sin fuerzas, me lleva a la conclusión de que a fin de cuentas tú eres como nosotros.

La de tiempo que lleva ya guardando cama. ¿Qué clase de pesadilla es esta? ¿Es acaso un tormento infernal? ¿Entiende mis palabras?

Purgar nuestros pecados.

¿Se trata de eso? ¿La sopa aguada sirve para purificar a la que ha pecado por parir?

¿Se acuerda de *ra pòura* Marta, que murió tan joven? Su prima, la Marisa la de Polli, era una chiquilla cuando la familia la repudió porque se preñó sin tener marido.

Nunca se ha sabido qué fue lo que pasó. Algunos dicen que si un forastero, y una noche el Donetta, *ciócco,* se puso a dar nombres y apellidos del valle. Sinvergüenzas, por una correría nocturna, pero ¿quién se cree lo que diga esa gentuza?

Sea como sea, en medio de una miseria espantosa, en una cuadra diminuta en las afueras del pueblo, allí fue donde la Marisa encontró refugio para ella y su niño. Y aquello duró lo suyo, tiempo estuvo viviendo de la caridad de la gente.

Un día, su hijo vino por aquí a pedir un mendrugo de pan, y lo mismo al día siguiente, y al otro, hasta que voy y le pregunto: ¿Y tu madre? Y él va y me dice que está dormida. ¡¿Dormida?! ¡Enseguida lo entendí, virgen santa!

Nos acercamos unas cuantas a ver, pero no hubo nada que hacer, estaba hecha cisco. Tirada encima de un poco de paja, en el suelo pelado, muerta, una *salòpa mort*. ¡Tremendo! *Ra pòura* Marisa, ¡todos los sufrimientos de este mundo le tocó aguantar, hasta el final, hasta que cayó vencida por el hambre y la desesperación!

No, don Antonio, la pecadora no estaba dormida. ¿Se merecía eso por no haberse casado? Su misterio se lo llevó consigo, enterrado en el camposanto, naide sabrá nunca el nombre del padre de ese pequeño bastardo.

Yo todas las noches rezo y recito el rosario. Pero estoy cansada. Empiezo a dudar. ¿Me está diciendo que no? Me ha parecido que hacía así con la cabeza. Claro, es por estas cosas que le suelto, ¿verdad?

¿Por qué tiene siempre los ojos así? Me dan como impresión, no me ayudan nada a recuperar la fe que a veces me parece que pierdo; al revés.

Me he quitado los zapatos, quería secarme las calzas. Nunca me acostumbraré a la lana mojada, que *pizziga*. Me apoyo aquí un momentito. Me estoy quedando traspuesta, pero ¿qué más da, si no me ve naide?

13.

¡Se lo digo desde ya, hoy no sé ni lo que digo! ¿Y sabe por qué, don Antonio? ¡Me he ganado la cólera de todo el pueblo! Bueno, menos quizá la de las muchachas que se atreverán a hacerlo. Verá usted, en el rosario de la tarde les he propuesto a las *tusàn* que vendan el cabello. Dentro de poco pasarán por aquí los dos italianos esos que compran pelo para hacer pelucas. Van siempre dos, uno con un carrillo y un saco con las trenzas y el otro con las tijeras para dar el tajo. Les encantan nuestras melenas porque son largas y fuertes y como usamos tanto el pañuelo, el *cavii* se mantiene bien bonito. Dice el hombre también que el color de las cabelleras de las mujeres de aquí es perfecto. Ellos luego las dividen por mechones y las montan en las cabezas de las señoronas de *Lundra*.

¿Hablo muy alto? Sabe Dios, lo siento.

Pero digo yo que si las muchachas se pueden guardar un par de monedillas *in sacòcia* para bajar algún día abajo o darse un capricho en la mercería o ahorrar para casarse... ¿Qué malo tiene eso?

Justo antes de venir me he sentado un momento en la silla de paja, la que hay en el pasillo. He apoyado la cabeza contra la pared y *son coccata via*. Como me haiga visto alguien, a saber lo que habrá pensado: ¡Mira a esa, fritita en pleno día! ¡Pues mira, sí! ¡Cosas que pasan, leñe! A veces me quedo de pie porque, como me siente, ¡el sueño me se come enterita! Me se vienen a la cabeza los dichos de los viejos, que yo me crie escuchando esos refranes, eso del sueño que te adormece y te se lleva de buenas a primeras. ¡Ese sueño que cuando te quieres dar cuenta ya estás dormida es el sueño del diablo!

Hoy en día ya no me fío yo tanto de esas fantasías, pero ¡el diablo es el diablo! Por eso procuro resistirme. Es una lucha intentar que no me se cierren los ojos. Pero pasa que en un segundito de nada, ¡pum! Solo me doy cuenta de que me he dormido cuando me espabilo. Luego me noto rarísima y me digo, ¿será el diablo? ¿De verdad habrá pasado por aquí? ¿Me habrá pillado desprevenida?

Solo me queda rezar. Usted, preboste, ¿qué opina de estas cuestiones? ¿Tengo que disculparme ante Dios por estar tan cansada?

Así en la cama parece una hogaza de pan tapadita con un paño.

La gente tiene miedo de que esta maldición de quedarse ciego de un momento para otro se la haiga enviado el Señor. ¿Y quién sabe? *Ul* Sironi es buen médico, habrá que esperar y rezar. Pero mejorar no mejora, padre. Empiezo a dudar que vaya a volver a verlo como antes. ¿Debemos prepararnos para lo peor?

Sabe Dios en qué está pensando. ¿Me oye cotorrear, don Antonio?

¿Cómo ve la muerte? ¿Con ángeles y el paraíso con esa luz tan blanca? Porque eso es lo que los espera a ustedes, ¿no es verdad? Para el espíritu, pero ¿y para el cuerpo? ¿Qué se siente?

A veces, como en su caso, llega uno al final cuando queda todavía fuerza en el cuerpo. Y no me refiero como pasa con las gallinas, que se ponen a dar vueltas por el corral ya sin la cabeza y con el pescuezo echando sangre a borbotones y poniéndolo todo perdido. No, yo hablo de esas sacudidas que parecen las de un hombre vivito... ¿A ver si no va a ser el espíritu sublevándose? Después de todas las fatigas de una vida, o que cada uno lo exprese como quiera, ¿que el último suspiro, el último velo, se nos sofoque dentro y luego ya nada de nada?

Hago por figurármelo. Desde fuera uno ve una cosa, pero ¿desde dentro cómo será? Me se viene a la cabeza la tarea de matar, ese instante en el que se pasa de lo vivo a lo muerto, el cuerpo que está caliente y luego templado y luego frío.

Yo eso, no.

Bien clarito lo dejé en mi casa, yo a los animales para eso ni tocarlos. Te desplumo gallinas, te deshueso conejos, lo que tú quieras, pero me los traes ya muertos.

Una vez solamente lo hice, con *nöna* Giuditta. *Un dì, a noi fantìn da cà*, nos obligó a ahogar *i gatìn* en el riachuelo... Nosotros llorábamos y sorbíamos los mocos y ella nos dijo que la vida era mucho más dura que eso, dura y *salòpa*.

Me daba terror esa mujer sin dientes. Mataba conejos, pollos y hasta *i gatt*. Una vez la vi lanzarle un zueco de madera a una ardillita. Y acertó. La criaturilla cayó del nogal y se quedó tirada en el suelo, pero muerta no estaba. Entonces la *nöna* pasó otra vez, se acercó, se arrodilló ¡y le destrozó la cabeza con el zueco al *pòro* bicho! Golpes y más golpes hasta que solo quedó un charco rojo y viscoso.

Ah, sí, y la cola, tan bonita y tan suave, ¿pues no agarró y la colgó de la puerta *da cà*? Yo cada vez que veía aquel colgajo lo pasaba fatal. Cuando la abuela Giuditta atravesaba el patio a paso ligero se hacía el silencio; nos tenía el miedo metido en el cuerpo a todos.

Era alta, fuerte, tenía el pelo gris y cojeaba; se restregaba las manos sucias contra la tripa. Siempre llevaba el mandil comido de roña. Pero ella venga a restregar las palmas. Restrega que te restrega. Para mí que intentaba liberarse de la muerte que se le quedaba pegada a los dedos manchados de sangre y las uñas renegridas. Frota que te frota las manos en el mandil, pero la mugre no estaba ahí solamente. Hay que ver, querido preboste... todos le teníamos miedo a esa mujer, por su mirada y por las manos mugrientas. Éramos pequeños y nos daba miedo. Nuestra madre le temía, de eso no me cabe duda. Pero digo yo, hoy que soy una vieja, habré visto yo cosas... Y sin embargo esa mirada de mujer rabiosa... ¿Por qué de tanta miseria se vuelve una mala? Yo no quiero ser mala, por más sufrimientos que haiga visto; yo quiero que me recuerden con indulgencia.

Ni siquiera usted, don Antonio, la Iglesia, *ul Signor* que me mira doliente desde esas paredes. No hay consuelo para ninguno y ninguno da el paso de ser más afable. De romper el círculo de sufrimientos. Y ni usted, lamento decirlo, ni usted siquiera que es sacerdote ha conseguido darnos consuelo. A lo mejor un poco nos lo ha mitigado. Ni usted ni los que vinieron antes ni los que vendrán después. Ustedes no nos entienden. La gente normal os tiene miedo. Disfrutáis de demasiados privilegios y el sufrimiento no os ensucia jamás esa piel blanca y lisa. Soy solo una pecadora, lo sé, pero yo no puedo ya más *far cito*, *adèss* es usted el que calla y yo la que hablo.

14.

¿Se ha enterado de lo de la *pòra* Arcangela? Le ha llegado la carta oficial escrita en inglés y con un sello grandote de lacre rojo.

Ya antes que ocurriera la calamidad, en los periódicos *ul Dovere* y *ul Corriere del Ticino* no hacían más que hablar del Titanic ese... Y luego las páginas que nos leyó usted en voz alta en la puerta de la iglesia. ¿Se acuerda? «Parece ser que en el naufragio del siglo han fenecido también ciudadanos del Tesino».

¿Cuándo fue eso? ¿Hará seis o siete meses?

Los primeros días después del suceso circuló la noticia de que el Abele se había salvado. En el pueblo no hacíamos más que rezar. Alguno vino con una página del *Dovere,* «Noticias sobre el desastre del Titanic», con una lista en la que aparecía el nombre del Abele Rigozzi seguido de un: «Rigozzi de Aquila, valle de Blenio, parece contarse entre los supervivientes».

Se alegraron todos muchísimo por la Arcangela, que había perdido ya al marido en *Lundra* y tenía otros dos hijos lejos de casa.

Hasta que ya en mayo llegó el anuncio de la muerte con aquellas palabras sobre el cuerpo embalsamado.

Malorosa la Arcangela, cómo chillaba y cómo lloraba y vuelta a chillar. Después de eso fue tal que si se cosiera los labios. No ha vuelto a decir ni una palabra. Se acabó esa bonita voz que habíamos conocido todos de cuando cantaba en el lavadero.

Me acuerdo de la mujer que fue. *Adèss* está como muerta. Algo así como usted, aunque ella por lo menos se levanta de la cama, ni que sea una vez al día.

El duelo por el Titanic se coló en todas las casas del valle. Porque a todos nos parecía un gran honor que nuestro paisano regresara. Habría sido una gran fiesta.

Estuvimos esperando al *dutór* para leer la carta oficial de la compañía de navegación. El otro día pasó por aquí para reconocerlo, ¿se dio cuenta?

Total, que la famosa carta del Titanic contenía quinientos francos de parte de ya no me acuerdo quién, más el pago correspondiente a seis días de salario del Abele, o sea, diez francos y sesenta céntimos. Algunos detalles del documento oficial estaban escritos en italiano al ladito, con una letra minúscula, a lápiz; alguien había anotado unas palabras que fueron las que el *dutór* nos leyó.

Ul Sironi leía, don Antonio... y nosotros temblábamos todos de oír los detalles.

El número del cadáver rescatado del mar y su edad, veinticinco, que es incorrecta porque veinticinco no tenía todavía. Y luego hablaban de la ropa que llevaba, el gabán gris, la chaqueta azul, el chaleco blanco y la camisa de rayas. Y también que llevaba un brazalete negro en el brazo en señal de luto por la muerte de su padre. Embarcó en tercera como sirviente y lo registraron como Ragozzi Abele.

Ya ve, con el apellido mal escrito, así se ha terminado la historia del primogénito de la *pòra* Arcangela Rigozzi, la *malorosa* del Titanic.

15.

Buenos días, padre. Ya estamos aquí. No dejes para mañana lo que puedas hacer hoy. Lo digo por la inyección. Ea, se la pongo.

Es mejor que me quede, ¿no? Hoy no tiene buen aspecto. Todo se desmorona... ¿Será el infierno? Es mucho más fuerte que nosotros. Será mejor que me esté calladita y rece mis oraciones. Al fin y al cabo no es un momento agradable. ¿Quién sabe? Yo no digo nada. Yo me pregunto para cuándo será. Esperaré, como todos.

Pero tengo que confiarle un secreto. Me arrimo para poder hablarle cerquita del oído. Verás tú, a ver. ¿Sabe que una vez encontramos a la Assunta en el suelo, arriba, en lo alto del pueblo? ¡Como una poseída! La familia me suplicó que no contara nada porque fui yo la primera que la vi. Esa muchacha me da escalofríos, peor que la casa de los Vacchi. ¡Virgen santa! Me lo explicó mi abuela hace mucho tiempo, antiguamente se hablaba una barbaridad de esas cosas, por las tardes en los establos todo el mundo contaba historias de brujería. Después de la faena, cuando es grande el cansancio y también el hambre, ¡es cuando llegan las muy *salòpe*!

Como mujeres guapetonas o niños, menos cuando el que se presenta es el diablo, que en esos casos se manifiesta como un hombre, siempre con sombrero para disimular los cuernos. ¡Y si se les antoja, se te llevan! Tú lo ves todo negro y caes.

Me sabe mal contarle todo esto, don Antonio, pero cuando la Assunta pasa por aquí, debajo de la ventana, hasta la Gina dice que la leña arde más deprisa y que *ra pulenta* se pega a la marmita.

Bueno, entonces ¿qué, llega el sacerdote sustituto? ¿Dónde va a dormir el cura nuevo? ¿Despejo la habitación de arriba?, me ha preguntado la Gina, y yo opino que sí.

Está muy bien tener a alguien en la iglesia, que haiga alguien que acompañe a los vecinos del pueblo por lo menos para la temporada del adviento. De lo contrario, las almas extraviadas no atraerán más que *malore,* el diablo se establecerá aquí en el pueblo y todo lo consumirá. Si el muy tunante se viene a vivir aquí a *Curzònas* encontrará tierra fértil entre las almas de los paisanos. Don Antonio, yo no quiero saber nada de estos panegíricos.

Ah, mañana le tengo que afeitar la barba. Ha caído mucha nieve y *ul* Franchi *cuaför* me ha dicho que esta semana no sube.

16.

¡Buenos días, don Antonio! No se lo he dicho hasta ahora, pero esta habitación me parece muy acogedora.

Soy yo otra vez, la Caterina Capra, ¿eh? Me siento un momentito de nada.

Tengo que pensar a quién pedir ayuda para moverlo y hacer ciertas tareas que no me atrevo a hacer yo sola. Es un sacrilegio ver a un hombre sin ropa. ¿Y a un cura? ¡No lo quiero ni saber! Menos mal que la Gina se encarga todos los días de asearlo... y no le da apuro. Es una mujer especial, para ella es fácil atenderlo a usted. Siempre ha vivido con los sacerdotes, ha de saber cómo se hacen ciertas cosas.

Cuando entro aquí veo a un hombre medio vivo solamente y me pregunto: ¿a usted quién lo protege? ¡Su reposo y su silencio son una vergüenza en comparación con el sufrimiento de los demás! Por su culpa me se sube la ira, como la nata cuando se convierte en mantequilla. ¿Me puedo ir dándole con la puerta en las narices? No. Le miro fijamente la jeta... Me da usted lástima, padre, por eso vengo y me siento a la vera de su cama para charlar un rato.

Usted no contesta, no está en condiciones de contestar a mis preguntas. ¡Ya encontraré yo solita las respuestas! Dios me las dará sin tener que pasar antes por su confesionario.

Llevo toda la vida rezando y *adèss* ya no entiendo nada. He visto sufrir demasiado a los mocosos, a las mujeres que tengo a mi alrededor, demasiadas injusticias en la *fassòn* en que nos tratan. Creo que el cielo siempre es azul, pero de nosotras queda tan lejano...

¿Quiere saber cómo van las cosas? Seguimos deslomándonos. Los animales están bien. Parece que la nieve ha desfondado el tejado arriba en los pastos, pero el padre de los Traversa ha dicho que hasta marzo no subirán a ver.

Tiene razón, naide se quiere arriesgar a que haiga más muertos, *malorós d'un destìn*. ¡Pobrecillo el zagal que se murió el mes pasado! La mano de obra de un muchacho joven es difícil de reemplazar, *salòpa vita*. ¿Por qué tienen que meterse a mineros en Francia? ¿Para quién? ¿Para diñarla?

Fíjese en el padre de los Traversa, que es viejo, ¡Dios lo guarde! Es fuerte todavía, y *anga ra mam* hace lo suyo, trabaja como una borrica. Están consumidos. Yo veo con mis propios ojos lo mucho que agota la vida.

¡Sabe Dios si estas mujeres albergan esperanzas en su corazón! O deseos imposibles. Esas insignificancias que te sacan una sonrisa solo de pensarlas, que cuando estás de noche en la cama las piensas antes de cerrar los ojos. Brillan igual que el deseo de un par de pendientes de oro con unas piedras rojas pequeñitas. O ese truco de cerrar muy fuerte los ojos, abrirlos y esperar que la desgracia haiga desaparecido. ¿Sabrá el bendito de ahí arriba que también la *pòura gent* tenemos sueños? Al hacernos mayores nos volvemos más tristes y pesarosos, al final ya ni esperamos nada. La vida es esto, lo *da tütt i dì*. Tengo que decir que también hay quien sale adelante, pero ¡no basta con rezar para librarse de un marido haragán o para tener menos dolores! Es inútil...

Se lo digo, y no me da vergüenza ninguna, ¡por su culpa me se sube la ira por el cuerpo! No quiero hablar del pecado ni hacerme amiga del diablo, pero viéndolo así postrado en la cama me hago mis preguntas...

Algunos dicen que si al sacerdote lo asalta una fatalidad como la que le ha ocurrido a usted, como un rayo que te cae en la cabeza, es señal de una maldición en respuesta a sus pecados. O sabe Dios en respuesta a qué.

Estoy cansada. Aquí dentro la chimenea está siempre encendida, ¡qué lujo! Veamos, padre, sabiendo yo como sé que la leña arde ligera, ¿qué hago, añado más antes de irme? ¿Está diciendo que sí con la cabeza, o dice todo lo contrario, que no? ¡Cielo santo, ya no tengo claro *nagót*!

Bueno, pues con su permiso yo me voy, total, de frío no la va a diñar.

Buenas noches.

17.

¿Usted, don Antonio, ha mandado fotografías a su familia de Italia? A mí cada dos por tres me da por pensar en las fotografías. También en las del Titanic, las que vi en las páginas del periódico. Sin ellas, ¿qué idea nos íbamos a hacer de ese buque nosotros, pobres aldeanos? Grandísimo. No sabemos imaginar cosas *iscì*. Pienso en la fotografía del Abele vivo todavía, la que le hicieron en *Lundra* antes de zarpar. Fue muy importante que le tomaran esa fotografía, ¿verdad?

Sin las fotografías, ¿qué tendríamos? Recuerdos nada más... Malgastamos la memoria de tanto recordar las caras de nuestros muertos. De nuestros queridos difuntos nos queda apenas un trocito de papel para mirar.

Los ojos y las bocas cerradas. Para hacer la fotografía los ponemos siempre tumbados... la primera vez, en una cuna toda vestida de blanco, el Adriano. Cuando le tocó al Vincenzo se le hizo en mi cama. Al año siguiente otro Vincenzo, solo que esa vez fue en una camita pequeña de hierro forjado. Los tres estaban como dormiditos... solo que rodeados de flores y candelas. Cuando miro esas fotografías, mi corazón llora todavía.

Cura mío, solo da miedo cuando sabes que el de la fotografía es un muerto... A mí mis difuntos no me dan miedo. Para serle del todo sincera, los miro y me parecen niños felices y punto. Algo parecido al esqueleto que está pintado por fuera de la iglesia de San *Nazèi*. Sé que no es un muerto de verdad, ¡que solo es un dibujo! Pues lo mismo pasa con las fotografías, son como dibujos, solo que mucho mejor dibujados. Si guardamos esas fotografías es por la memoria.

A algunos no les gusta la modernidad. *Ul Donèta* y sus instrumentos, sus máquinas fotográficas, sus artilugios, les parecen cosa de brujería. Esa gente tiene miedo de que cuando te fotografían ya no seas el mismo. ¿Te quita algo de la sesera que te hagan un retrato? Hasta a los viejos les da miedo que los retraten.

¡Los pecados verdaderos, los pecados graves, existen y no tienen nada que ver con las fotografías! ¿O no?

Qué lástima me da cuando me se vienen a la cabeza *i pòura fant*. Algunos lloraban una miaja a lo primero de la enfermedad, *sempro* la misma maldición, hasta que la fiebre se los llevaba por delante. Yo de todos modos lo sabía, sé que la fiebre es traicionera, si sube, *gh'è più nagót*...

Todavía es como si los viera, con la frente ardiendo y susurrando palabras sueltas; algo así como cuando usted intenta hacerse entender. Esos sonidos. ¿Quién sabe qué querrá usted decirme? Con los *fantìn marai* lo peor es el calor abrasador que les sube por el cuerpo. Ánimas puras como la genciana de las montañas, pero notas que arden por dentro, que tienen como un fuego.

Nunca me se olvidarán las bocas con los labios cerrados y secos. Cuántas veces no probé a acercarles una cucharilla con unas gotitas de agua. Nada. Es una verdadera angustia esperar el final. ¡Ser madre es una desgracia!

Aquí con usted lo mismo, la espera del momento en que pase algo es una agonía, con la diferiencia de que a mí usted me da menos angustia. Siendo sincera.

Don Antonio, usted mucho decir que nuestros ángeles están en el cielo, pero ¿sabe que es un magro consuelo? ¡Madres llorando hay en todas partes!

He dejado de rezar... ya no rezo más... ¡no me quedan fuerzas! Lo digo sin avergonzarme. Lo lamento, usted todavía está inmóvil y tan callado... Pero tengo que decirlo: ¡me parece bien no tener que oír más sus letanías que solo saben hablar de pecados y castigos! Ni tener que escuchar más las historias de nuestros viejos, siempre mentando al diablo, eso también me parece bien.

Hoy, si tengo alguna duda, me dirijo directamente al Señor. Todos estos días sin sus sermones he empezado a hablar más a menudo con Dios, para que lo sepa.

Padre, yo entiendo que si está usted aquí, que si estoy yo aquí, es porque así lo ha dispuesto la providencia. La misma que dispuso la muerte del Abele o la que se llevó a mis hijos. Al final cada cual sigue el camino que le marca el Señor, igual que hacemos camino siguiendo un sendero. El suyo se lo llevará de aquí a poco.

¿Qué, ya se acabó? Ya lo sabía yo, estamos condenados para siempre... ¿Está preparado? Morir no es fácil... ¿Tan difícil es exhalar el último suspiro? Padre...

Yo me voy.

No quiero verlo más, ni vivo ni muerto. Ya le he dicho demasiadas cosas y aquí yo no puedo estar.

Me voy a casa. ¡Adiós, preboste!

A las 11:30 de la mañana del 2 de diciembre, tras un largo sufrimiento soportado con espíritu cristiano y resignación, y armado de consolación religiosa, ha fallecido

don Antonio Giuseppe Luigi Bolgeri, de 53 años

La comunidad parroquial de Corzoneso y las diócesis de Lugano y de Como, junto con la familia, la fiel Gina y demás parientes, por medio de este triste anuncio transmiten su invitación y agradecimiento a todos aquellos que tomarán parte en la ceremonia.

El funeral tendrá lugar el día de mañana martes a las tres de la tarde en la iglesia de los santos Nazario y Celso de Corzoneso, y posteriormente en el cementerio de Como, donde el cuerpo hallará sepultura y paz.

Voces dialectales

acqua bollita: sopa pobre preparada con agua, harina, sal y cebollas doradas en mantequilla

adèss: ahora

anga: también

ass: tabla (*di ass*: unas tablas)

bègn: bien

biscuì: galleta; del fr. *biscuit*

bistrò: restaurante; del fr. *bistrot*

bujòta: placenta; libremente construido a partir del fr. *bouillotte* (bolsa de agua caliente)

cagnare: morder; del dial. *cagnà*

caldröu: caldero; voz dial. de Blenio

Canapìn: diminutivo del apellido Canepa

cavèè: recolectar, extraer de la tierra; la desinencia -èè para el infinitivo está extendida en el valle de Blenio

cavii: cabello

ciócco: borracho; del dial. *ciócch*

cito: silencio (*fò cito*: me callo)

coccare via: quedarse dormido; del dial. *cocà via*

comarina: partera, comadrona

cotte in dür: duros (huevos)

crus: cruz

cuaför: barbero, peluquero; del fr. *coiffeur*

dés: diez (*a dés ann:* con diez años)

dòna/dònn: mujer/es

fant/fantìn/fantèl/fantèla: niño/a; voz dial. de Blenio (*fantìn marai:* niños enfermos)

fassòn: modo, manera; del fr. *façon* (*in dra fassòn*: de la manera)

forescté/foresti: forastero/s

galìtiga/galitighina: cosquilleo

gatìn: gatito/s

genada: avergonzada, apurada; del fr. *gênée*

ghiribìzz: rareza, capricho (*tutti i ghiribìzz dal mund:* todas las rarezas del mundo)

gnücch: patatas; voz dial. de Blenio (*cavèè i gnücch:* sacar las patatas)

incöö: hoy

iscì: así

lavètt: toalla pequeña; del fr. *lavette*

lugàniga: salchicha

lüü: él

Madòna dal Sass: Madonna del Sasso, venerada en el homónimo santuario en las alturas de Locarno

malorós/osa: desgraciado/a, se dice de la persona incapacitada para ser feliz (*malorosa veramént:* infeliz de verdad; *malorós d'un destìn:* destino desdichado); del fr. *malheureux/euse*

mam/mama: madre (*anga ra mam:* también la madre)

mama dra ségra: infusión de cornezuelo empleada para acelerar el trabajo de parto

marai: enfermos

mü: muro, tapia; voz dial. de Blenio (*chi sóta ul mü da cà vòssa:* aquí, debajo de la tapia de su casa)

nagót/a: nada (*gh'è nagót:* no hay nada)

naja: ido (*l'è naja bègn:* ha ido bien)

Nazèi: Nazario; a los santos Nazario y Celso está dedicada la iglesia parroquial de Corzoneso

nöna: abuela

nòss: nuestro/s

pascénza: paciencia

peisoü: pensado; voz dial. de Blenio (*La Santa Crus la gh'a peisoü:* La Santa Cruz proveyó)

pescìn: piececitos

pigöira: miedo; voz dial. de Blenio

pinèe: correas; voz dial. de Blenio (*pinèe dal scivöi:* correas de las espuertas)

pinìn: pequeño (*con di manìn pinìn pinìn:* con unas manitas diminutas)

pizziga: picar, pinchar (*certi piant i pizzigan:* algunas matas pinchan)

pò: puede (*ma sa pò?:* será posible, habrase visto)

pòch: poco

pòro/pòura: pobre (*pòura gént:* pobre gente)

pulèi: gallinero; voz dial. de Blenio

regole: menstruación; del fr. *règles*

rótt: roto (*al s'è rótt in di mè man:* se me rompió en las manos) *sacòcia:* bolsillo

salòpa: ramera, puerca; del fr. *salope* (*salòpa vita:* mala vida)

scatrèla: estuche pequeño

scivöi: espuerta; voz dial. de Blenio (cfr. *pinèe*)

scvèlt: rápido, veloz (*l'eva scvèlt*: ha sido rápido)

ségra: cornezuelo (cfr. *mama dra ségra*)

sempro: siempre

strécia: callejuela

sumenzàtt: vendedor de semillas

'tenzión: atención (*fà 'tenzión:* prestar atención)

tusàn: muchachas

tütt: todo (*da tütt i dì:* de cada día)

usmare: oler; del dial. *usmà*

vardà: mirar (*varda lì:* ¡mira!)

véss: ser (*véss bamba:* estar alelada, chocha)

vilàn/vilana: ingrato/a, maldito/a (*a l'è una vilana vita:* qué vida ingrata)

virgógna: vergüenza, apuro; voz dial. de Blenio

visìn: al lado

Referencias bibliográficas

Se encuentra más información sobre la situación que debían afrontar parturientas y neonatos en el Tesino entre finales del siglo XIX y principios del XX en: Ottavio Lurati, «Essere bambino nel Ticino dell'Ottocento» (*Scuola Ticinese*, 94, noviembre 1981, pp. 79-83); Rosario Talarico, *Il Cantone malato. Igiene e sanità pubblica nel Ticino dell'Ottocento* (Fondazione Pellegrini-Canevascini, 1988); Fabrizio Mena-Raffaello Ceschi, *La salute del popolo* (*Storia del Cantone Ticino. L'Ottocento*, Stato del Cantone Ticino, 1998, pp. 333-354) y Rosario Talarico, *L'igiene della stirpe* (*Storia del Cantone Ticino. Il Novecento*, Stato del Cantone Ticino, 1998, pp. 449-474). Acerca de la figura de las comadronas en las regiones alpinas y prealpinas durante ese mismo periodo, están disponibles los siguientes estudios: Manuela Maffongelli, *Una missione d'amore: storia della lotta alla mortalità infantile in Ticino e del Nido d'infanzia di Lugano* (Archivi Riuniti delle Donne Ticino, 2011); Ornella Bertoldini (ed.), *Come nascevamo? Dalle comari levatrici alle ostetriche. Storia e storie dalle sponde del Lago Maggiore* (Interlinea, 2013); Daniela Franchetti, *La formazione delle levatrici del Canton Ticino nell'Ottocento* («Il Cantonetto»,

1-2, febrero 2015, pp. 45-53) y Manuela Maffongelli, *Questa bellissima lotta per salvare fragili vite* («Il Cantonetto», 2, diciembre 2019, pp. 1-12).

Para conocer mejor a Roberto Donetta y su trabajo se recomienda recurrir, además de a las publicaciones de la fundación que lleva su nombre, instituida en 2003 en Casserio (valle de Blenio), que custodia y expone periódicamente sus fotografías (*La rivincita della memoria*, 2003; *La scrittura, le immagini, l'uomo*, 2005; *L'arte del rendere visibile*, 2007 y *Fieno, ombra, cenere*, 2011), a los catálogos de las dos monografías que se le han dedicado hasta la fecha: *Roberto Donetta. Pioniere della fotografia nel Ticino di inizio secolo* (Charta, 1993) y *Roberto Donetta. Fotografo* (Casagrande, 2015). A su figura, el escritor suizo-alemán Beat Hüppin le ha consagrado la novela biográfica *Donetta, der Lichtmaler* (Zytglogge, 2018).

A Abele Rigozzi por fin se le dedicó en 2002 una lápida conmemorativa en el cementerio de Aquila.